보니에게 바칩니다.

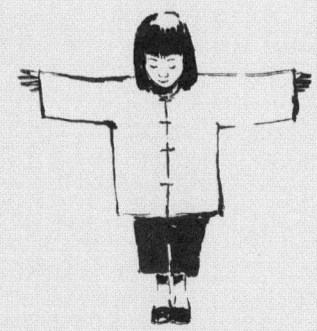

STONE SOUP

retold and illustrated by John J Muth

돌멩이 국

존 무스 글 · 그림 ― 이현주 옮김

달리

복, 록, 수, 세 스님이 산길을 따라 여행하면서 고양이 수염과
해님 빛깔과 남에게 베푸는 일에 대하여 이야기를 나누었어.
　나이가 제일 어린 복 스님이 셋 가운데 가장 지혜롭고 나이가
많은 수 스님에게 물었지.
　"스님, 무엇이 사람을 행복하게 하나요?"
　"어디, 함께 알아보자."

저녁 종소리가 울리자 스님들은 멀리 산 아래 마을 지붕 위로 눈길을
돌렸어. 너무 높은 데서 내려다보았기 때문에 그 마을이 얼마나 힘든
일을 많이 겪었는지 알 길이 없었지. 가뭄에 홍수에 전쟁까지 겪은 마을
사람들은 너무나도 지쳐서 낯선 사람을 도무지 믿으려 하지 않았어.
낯선 사람은커녕 이웃끼리도 서로 의심하며 살게 되었지.

마을 사람들은 열심히 일했어.

그러나 저마다 자기만을 위해서 일했지.

농부에

장사꾼에

학자에

가정부에

의사에

목수에……

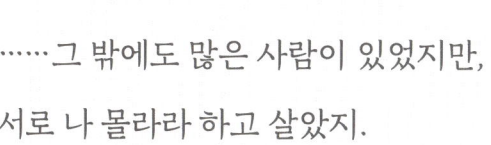

……그 밖에도 많은 사람이 있었지만,
서로 나 몰라라 하고 살았지.

스님들이 산에서 내려오자 마을 사람들은 모두 집 안에 들어가 버렸어.

성문 밖에 나와서 스님들을 맞아 주는 이는 아무도 없었지.

스님들이 마을에 들어서자 모두들 창문을 꼭 닫아 버렸어.

스님들이 첫 번째 집 문을 두드렸어. 그러나 대답은 없고 집 안에 불만 꺼졌지.

두 번째 집 문을 두드렸지만 역시 대답이 없었어.

스님들은 이 집 저 집 닫혀 있는 문을 두드려 보았지.

"이 마을 사람들은 행복하지 못한가 봐."

스님들은 고개를 끄덕였어. 그때 수 스님이 달덩이처럼 환한 얼굴로 말했지.

"그렇다면 오늘 이 마을 사람들에게 돌멩이 국 끓이는 법을 가르쳐 주기로 하자."

스님들은 불쏘시개와 나뭇가지를 주워다가 불을 피웠어.

불 위에 작은 냄비를 걸고, 샘에서 물을 길어다 냄비에 부었지.

스님들이 하는 일을 아까부터 지켜보던 용감한 소녀가 다가와서 물었어.

"뭐 하고 있는 거예요?"

록 스님이 말했지.

"땔감을 모으고 있단다."

복 스님이 말했지.

"불을 피우고 있단다."

수 스님이 말했지.

"돌멩이로 국을 끓일 참인데, 동글납작한

돌멩이 세 개가 필요하단다."

소녀가 스님들과 함께 안마당을 돌아다니며 돌멩이 세 개를 주웠어.

그러고는 그것을 냄비에 넣고 끓이기 시작한 거야.

수 스님이 말했어.

"이제 이 돌멩이들이 맛있는 국으로 될 게야. 그런데 냄비가 너무 작아서 탈이군."

소녀가 말했지.

"우리 집에 큰 솥이 있어요."

집으로 달려간 소녀가 솥을 굴려 내가는데, 엄마가 무슨 일이냐고 물었어.

"스님들이 돌멩이로 국을 끓이는데 솥이 있어야 한대요."

엄마가 생각했지.

'흠, 흔해 빠진 돌멩이로 국을 끓여? 어떻게 하는 건지 배워 둬야겠군.'

스님들이 피운 불에서 연기가 솟아오르자 사람들이
창문을 열고 내다보았어. 마을 한복판에 커다란 솥을 걸고
불을 때는 모습이 정말 이상했지! 사람들은 하나둘
돌멩이 국을 어떻게 끓이는지 보려고 밖으로 나왔어.

복 스님이 말했지.

"돌멩이 국에는 소금하고 후추를 넣어야 제맛인데⋯⋯."

록 스님이 돌멩이와 물을 가득 채운 커다란 솥을 저으며 대꾸했어.

"그래, 맞아. 그렇지만 우리한테는 없으니⋯⋯."

호기심으로 눈을 크게 뜨고서 학자가 말했지.

"소금하고 후추는 우리 집에 좀 있네."

잠시 사라졌던 학자가 소금에 후추에 다른 양념 몇 가지를 가지고 돌아왔어.

수 스님이 맛을 보면서 말했지.

"지난번에 국 끓일 때는 당근을 넣어서 맛이 달콤했는데."

그러자 등 뒤에 서 있던 아낙이 말했어.

"당근? 당근이라면 우리 집에 조금 있어요. 기다려요."

아낙은 종종걸음으로 달려가서 당근을 한 아름 가져와 솥에 넣었지.

복 스님이 사람들에게 물었어.

"양파를 넣으면 더 맛있겠지요?"

"그럼! 양파가 들어가면 맛이 그만이지."

농부가 이렇게 말하고는 얼른 집으로 가서 커다란 양파 다섯 개를 가져와 솥에 넣으며 말했지.

"자, 이제 맛있는 국이 되겠다!"

마을 사람들이 고개를 끄덕였어. 그럴싸한 냄새가 나기 시작했거든.

수 스님이 턱을 쓰다듬으며 중얼거렸지.

"버섯이 좀 있으면 좋겠는데."

몇 사람이 입맛을 다시다가 달려가서, 신선한 버섯에 국수에 완두콩에 배추까지 들고

돌아들 왔어.

마을 사람들 사이에서 이상한 일이 벌어지기 시작했지. 한 사람이 마음을 열고 자기 것을
내놓자 다음 사람은 더 많이 내놓았어. 그래서 국은 건더기가 많아졌고 맛도 훨씬 더 좋아졌지.

마을 사람들이 앞 다투어 말했어.

"고기만두가 들어가면 더 맛있겠지?"

"두부도!"

"강낭콩에 감자에 시금치도!"

"토란 뿌리하고 호박!"

"마늘!" "부추!" "생강!" "간장!" "파!"

사람들이 "우리 집에 있어! 우리 집에 있어!" 하고 말하며 달려가서 한 아름씩 안고 돌아왔지.

스님들이 솥을 젓자 국이 부글부글 끓어올랐어. 우와, 냄새! 맛있는 돌멩이 국 냄새!

이윽고 국이 다 되었어. 마을 사람들 모두 한자리에 모이는데, 누구는 밥을 가져오고
누구는 떡을 가져오고 또 누구는 과자를 가져왔어. 환하게 등불을 밝히고 차도 함께 마셨지.

모두 자리에 앉아 함께 먹는데, 참으로 오랜만에, 정말 오랜만에 마을 잔치가 벌어진 거야.

음식을 먹고 난 뒤, 마을 사람들은 그림자 연극도 보고
노래도 부르면서 밤 깊도록 즐거운 시간을 함께 보냈지.

마을 사람들은 잠갔던 문을 열고, 스님들에게 포근한 잠자리를 마련해 주었어.

따스한 봄날 아침, 마을 사람들이 버드나무 그늘에 모여 세 스님을 배웅했어.

스님들이 말했어.

"하룻밤 잘 쉬고 가네요. 고맙습니다. 모두 마음이 넉넉한 분들이에요."

마을 사람들이 말했지.

"고맙습니다. 덕분에 우리 모두 너그러워졌답니다. 서로 나누면 모두가 넉넉해진다는 걸 스님들이

우리에게 가르쳐 주었어요."

스님들이 한마디 덧붙였어.

"행복해지는 것은 돌멩이 국 끓이는 것만큼이나 간단한 일이지요."

지은이의 말

'돌멩이 국' 이야기는 그 뿌리를 유럽 민담에서 찾을 수 있습니다. 프랑스, 스웨덴, 러시아, 영국, 벨기에 그리고 다른 나라들에서도 조금씩 다르게 전해 내려오고 있지요. 대부분의 이야기에서는 돌멩이로 국을 끓입니다만, 손톱이나 도끼, 심지어는 뼈로 만든 단추로 국을 끓이는 이야기도 있답니다. 자메이카나 한국이나 필리핀에도 이와 비슷한 이야기들이 있지요.

이번에 '돌멩이 국' 이야기를 다시 쓰고 그리면서 배경을 중국으로 잡았습니다. 게다가 스스로를 이롭게 하는 게 아니라 사람들을 깨우쳐 주기 위해 속임수를 쓰는 이들이 나오는 전통적인 불교 이야기 틀을 빌렸어요. 주인공인 복(福), 록(祿), 수(壽)는 중국 민담에 자주 등장하는 인물입니다. 건강, 부귀, 장수를 가져다주는 신들이지요. 복은 행운과 번영을 상징하고, 록은 가정의 행복과 화목을 상징하고, 수는 탈 없이 건강하게 오래 사는 것을 상징합니다. 이 책에서는 그들이 세 스님의 모습으로 나타나지요.

그림에서는 동양 문화에서 특별한 의미를 지닌 것들을 이용해 보았어요. 아주 오래전 중국에서는 해의 빛깔인 노란색을 왕실에서만 썼답니다. 물론 이 책에서 노랑 옷을 입고 나오는 소녀가 공주는 아닙니다만, 그래도 그 마을에서 아주 특별한 존재지요. 마지막 장면에 나오는 버드나무는 이별을 상징합니다. 국수 가락은 한자어로 가르친다는 뜻인 교(敎)를 나타내고, 돌멩이 세 개를 쌓은 것은 앉아 있는 부처님 모양이지요. 악사들이 들고 있는 악기는 오른쪽에 있는 것이 이호이고, 왼쪽에 보이는 것이 비파랍니다.

세상에는 구름을 벗 삼아 떠돌아다니는 스님들이 언제나 있지요. 그들이 슬픔과 아픔으로 가득 차 있는 마을을 만난다면 틀림없이 이 이야기의 주인공인 복, 록, 수 스님들처럼 사람들에게 행복을 되찾아 주리라고, 나는 생각합니다.